句集

玉霰

迫口あき

青磁社

玉霰＊目次

句集 玉霰

半仙戯

二〇一三年

晴の日の晴の大空初詣
おんばさら呪文ぶつぶつぉ元日
女正月などと弾けて笑ひ食ぶ

二月はや大地の息吹背をのぼる

齢など宙に預けむ半仙戯

甕に注す水音玲瓏冴え返る

石蓴摘む少女の背に日の翼

掌紋の透ける薄さよ桜貝

出雲美し八十隈なべて耕せり

つばくろは声で磨くよ鴟尾の天

佐保姫の住まひありさう社家通

出雲はや銅鐸打ちて春行かす

声を張る埴輪の鶏や下萌ゆる

淡淡と癌を語れり蟬時雨

茄子漬や無事退院の報とどく

若竹の風も御馳走料理茶屋

器には富士の一景青梅ジュレ

薔薇の名はモーリス・ユトリロ領けり

マロニエの花巴里からのかのたより

ゴッホの眼涼しき狂気放ちをり

ジャスミンや妹の香統ぶる夜さりかな

武蔵一国搦めとりたる鰯雲

さやけしや東京駅は鳳の翼

ゴッホの毒じわり黄色の秋薔薇

ルノワールの女やはらか水の秋

石榴黄葉かのクリムトの金が散る

会釈して燃ゆる紅葉の下くぐる

身の内に奔る狂気や夕紅葉

紅葉黄葉鬼女ゐる気配してならぬ

廿日月ねむる野のものの山のもの

石舞台白曼珠沙華飛び飛びに

行く秋や枯山水に水音ふと

九月尽真闇をはらむ白き壺

洛中洛外夜はさだめし狐火も
光悦寺の開門を待つ寒さかな
風は笛紅葉の散華総身に

光悦垣風に耳立て冬紅葉

姿よき三山眠る鷹峯

冬紅葉日当たる吉野太夫の墓

小さき門くぐり手焙待つ席へ

しぐるるや昼の灯ともす大庇

独り舞ふ猩々湖畔の冬紅葉

紅葉散る言葉は逸れてばかりゐる

鬱金香

二〇一四年

初声を空に放ちて大烏

駿馬にて疾駆する夢去年今年

初音かな一日違ひの誕生日

立つ春やとりどりの紐並べ置く

婚の衣をたたむ難儀よ冴え返る

日に酔ふや鬱《う》金《こん》香《かう》の黄乱れ初む

アネモネや捨つる思案のあれやこれ

百千鳥古地図開けばそぞろ神

神南備の春の真清水宇治十帖

椪の樹のこぼす囀り小野の里
水にほふ澎湃として鳥の恋
散るさくらしづかな響動《とよみ》見せにけり

花に雨濡れ身を寄する太柱

石見の海《み》いくり越す波人麻呂忌

魞を挿す水の面ひろびろ遠伊吹

突然に犀走りだす遅日かな

山滴る源平合戦一の谷

竜の眼の八方睨み牡丹騒

千手観音千手涼しくシンフォニー

青嵐濤声と聴く招提寺

飛び石の湿り加減や燕子花

吹き抜けのまろき列柱夏燕
空の青織り込み飛翔鳳蝶
どくだみの咲き敷く池塘施薬院

翡翠《かはせみ》は秘色《ひそく》の礫誰が放つ

紫蘇畑綺麗な風の立つところ

コップの水まこと尊し広島忌

押しやれば少し戻り来流灯は
竜胆の碧きしづくも供花とする
隠れ耶蘇ここにいませり浅茅原

露の野に十字幽かの石ひとつ

稲田翔つ白き群れ鳥耶蘇の里

曇天や雪虫の綿雲の色

鴨翔てり夕日の遊ぶながき水脈

金色の落葉隠れや石仏

しだれ桜の雄々しき冬芽天龍寺

北風《きた》吹くや葬ある家の庭木鳴る

冬星の遠くまたたく夜伽の座

柩ゆく風花の峠三つ越え

よもつひらさか大雪ならむ心せよ

一休昆布の塩気で喝を時雨寺

甲骨文

二〇一五年

初かもめ翼あかねに染めて翔ぶ

雪舟の余白の気魄初座敷

峠は春物売る旗の五六本

あたたかや山天に伸び川唄ふ

水温む水の地球のここぬるむ

地割れ跡小川となれり芹あまた

アトラスか小石もたぐる大豆の芽

大桜ゆさゆさ白象歩むごと

糸桜くぐれば異界ひしめけり

臥竜めく太き梁《うつばり》春障子

春昼夢うろこ綺麗な魚となり

ステンドグラスに天使こみあふ日永かな

風光る苑へミューズは画布を抜け

リラ冷えやフジタ語るに紅茶濃く

夕顔の蕾ゆるむを待つばかり

織部茶碗の呑み口さがす花菖蒲

業平の流離の孤影かきつばた

黒揚羽ゴッホも明恵も耳をそぐ

三井寺二句

古寺青葉僧らまろまろ頭《づ》を剃れり

葉桜や湖をはるかに鐘を撞く

八月や河原の石の焦げくさき

被爆死の友の名刻む碑に夕立

被爆青桐父の背、ガラス片無数

窓に挿すアンネの薔薇や雨が来る

古葉書はらり舞ひ落つ曝書かな

こぶこぶの巨体ゆすれり入道雲

かつて軍港どんぐり不意に肩を打つ

燕帰る長官邸の大時計

晩年のルオー明るし秋気澄む

口開く石榴供へむ鬼子母神

まんじゆしやげ輸血の管のくねりやう

折り紙の麒麟と語る秋夕焼

まばらなる赤松林月と歩す

無花果裂くあふれ出さうな内緒事

コスモスの風宇宙《コスモス》の電子音

ひとひらの雲浮く高原昼の虫

純白の遊具のポニー草の花

筧より冬の水音遠声明

白山茶花ガラシャの墓に膝をつく

甲骨文の柄の引力ショール買ふ

『資本論』読めとや沢庵嚙み切れぬ

天衣無縫の一休の筆野水仙

猛禽飼ふと真顔で語る開戦日

消炭やことわざ好きの母遥か

断捨離の優柔不断師走の手

万次郎てふ冬至南瓜の男振り

雪の金閣ほうと息吐《っ》くばかりなり

雪の虹中也の詩集ぼろぼろに

木守柿真実柿右衛門の朱

風神雷神　二〇一六年

初御空チャペルに高くルターの像

人の日や源氏絵巻をひもすがら

春の霜ミクロの針となる空気

桃咲ける岬の端《はな》のレストラン
春の雪ノブは磨ける鹿の角
漆黒の床柱なり雛の間

指痕の残る踏絵や海落暉

よく響く声は朗報花の昼

「お江《がう》つて誰」金髪の子に花ふぶく

花に雨ピカソの絵には黙つて佇つ

魂を遊ばせ尽くす花月夜

よき揺れのロッキングチェアー星朧

灌がれて御身琥珀に甘茶仏

埴輪らの息吹古墳のかぎろへる

兜煮となるも雄雄しき桜鯛

ロボットも新入社員畏まる

余花明り薪で飯炊く桜守

くちびるも芥子もくれなゐ風の丘

古代米と札ある植田畦に紙垂
泉のぞくわが名呼ばるる心地して
木下闇角あるものの騒騒す

昼顔そよぐ戦争遺産のドームの辺

ダッカに死す遥かに捧ぐ白き薔薇

烈烈の一代記読む白地着て

百物語肩に手などを置くなかれ

スーパーマースずしりと重きトマト切る

夾竹桃いくたび咲けば核なき世

過ちは繰り返すかも昼顔揺る

「貧乏なの」と落柿舎のぞく夏帽子

山滴る山に向けたる白き椅子

胸襟を開けば虚空夏青空
巴なす水のまんだら鮎遡上
大渦をくぐれる水母飄飄乎

八月六日火傷の少年川に顚つ

魂魄ゆらゆら爆心地のアスファルト

爆心地ここに伯父伯母住みてゐし

早稲の香や神話に潜むはかりごと

誑かされてみたし深山の葛の花

萩の花ずしりと重き火縄銃

興亡を語れ礎石のきりぎりす

秋の野の双つ蝶々死の輪舞《ロンド》

鷹渡る鷹の決意の大旋回

鷹渡る後の大空一穢なく

海へ海へ一筋の道草の絮

秋の蓮はたりはたりと風往かす

深秋や鋭きまなざしの麗子像

秋深し濤声湧かす障屏画

ものを書く女ひしめく西鶴忌

火焔土器のほむらめらめら星月夜

凍て杉の直幹比叡を真っ二つ

梟の鳴くや高まる夜の密度

冬ぬくし遺影の頬のふとゆるむ

十二月八日胡椒たつぷり卵炒る

風神雷神琳派は愉快日短か

絵硝子《ステンドグラス》に白き神の手堂冴ゆる

白髯の司祭バリトン聖夜祭

白さざんくわ寂の美尽くす塔五重

飛車となり縦横無尽大枯野

搔けばまた炎のをどる榾㷣火

瓢鮎図

二〇一七年

淑気かなMr.Broadwayとの握手

春の雪運河の灯影揺れやまぬ

星雲膨脹蛤太る海の底

野も山も膨らみさやぐ抱卵季

春眠永劫アンモナイトの底光り

二月はや光繰り出す水平線

潮荒《さ》びの雁木に小貝人麻呂忌

磔刑の足の太釘春の雷

花守は瓢鮎図なり禅の寺

水琴窟から地祇の楽の音花ふぶく

異星人めく枝垂桜の真ん中は

花爛漫油断なき眸のフラミンゴ

亡き母のメモあり雛の箱の底

沖明し流され雛のゆくところ

天つ風九輪と馬酔木ひびき合ふ

夕永し懇ろに読む切支丹史

青空にヒビ頬白の鋭き声よ

蝶々にも関節のありよく動く

麗らかや竹の節節ふくらみぬ

花ミモザミモザサラダはまん中に

自転車でキャンパスライフ諸葛菜

宙に舞ふ五色の幡や彼岸寺

露座仏の肩にほろほろ柿の花

手入れよき庫裡の裏畑韮の花

風一陣芍薬百花繚乱す

劇場に入るやほのかに薫衣香

演目は「葵上」なり螢の火

夏手套残し生霊消え去りぬ

劇場を出づればこの世青葉騒

青女の滝細し生絹の水流る

葉脈を透かし青蓮騒めける

中空にしろがね燃やす白蓮

女院の衛士つかまつる蟾蜍

千年のお指涼しき思惟仏

半跏思惟像の肩のうすさよ晩夏光

馬頭観音膝にそびらに苔咲かす

逃げし蛇の模様よまなこ苦しむる

万緑や瞳で語る美少年

龍宮の秘事波に聞く浜夕焼

潮仏の膝に遊戯の魚どち
夢違観音にすがる胸中明け易き
真つ向に仰ぐ大滝日を散らす

記憶こそ語ることこそ広島忌

無花果・石榴劣らず罪のにほひせり

秋茱萸や思はぬ人と夢で逢ひ

綾褪せし展示の打掛け地虫鳴く

月の夜は弾き手出でませ古月琴

法隆寺は遠きものかな稲穂の香

アルカイックスマイルの御声まぼろし酔芙蓉

供花は鬼灯意志のみなぎる女身仏

青不動にかなかなかな時雨ひとしきり

秋風に揺るる一燭伎芸天

高原を吊るパラシュート鰯雲

ダ・ヴィンチは宇宙人かも銀河濃き

フィレンツェの絵地図開けば色鳥来

初しぐれ歌舞伎観る夜は一張羅

舞台暗転闇に咳する人あまた

もがり笛金銀散らし飛六法

考ふることが生き甲斐冬北斗

白山茶花お洒落上手の祖母でした

風しまく賀茂の瀬頭都鳥

吉野太夫の墓に毛皮のヅカジェンヌ

暮早き光悦の墓碑烏猫

鷹峯三山眠るけものの等も

灯ともし頃もみぢ散り敷く御茶処

秀吉の御土居こことや落葉踏む

風なきに山茶花散るよ又散るよ

酒蔵の町に記憶の冬木の芽

一陽来復米は静かに酒と化《な》る

漱石忌書架の全集湿りがち

梟や漱石アンドロイド不気味

飄飄乎文豪鱒二の冬羽織

毒薬《ポアゾン》

二〇一八年

育ちゆくものの気配や春の闇

たまさかの鶯なれば頻伽とも

亀鳴いた鳴いた鳴いたと二人づれ

画廊へとつと吸ひ込まれ春コート

ゴッホの花魁しつかり吊り目梅開く

月朧浮世絵飾る長廊下

悼　高下まさたけ様

父恋の御声耳底に梅月夜

天馬疾走星満つ空へ花ふぶく

飛花落花天にも地にも満つ乱声

羯鼓胸に舞ひたし桜散るなべに
うつうつとうつむく雨の八重桜
化野は花散るのみぞ万の塚

料峭や部屋ごと時計置く屋敷

逃げ水のやうな句集をひもすがら

ステーキハウスにピカソの闘牛二月尽

春薔薇そよ風まとふウェーター

春の潮急階段を降りてより

つばくらめおかつぱの子の髪ひかる

拳と拳打ち合ふ男の子夏近し

薫風や地球儀地球丸洗ひ

山滴る連山つなぐ送電塔

「蛇崩れよ」祖母の声聞く梅雨豪雨

吉備平野麦豊穣の波打てり

蛇苺赤き視線を葉叢より

捨てかぬる黴のにほひのコンサイス

茅花流し空と海とを溶け合はす

日焼け人水呑む喉に力見す

断水七日遠き町にて髪洗ふ

一滴も吐けぬ蛇口よ雲の峰

リユウグウは宇宙にもあり星涼し

薔薇得たる白磁の壺に耳ふたつ

ほのかなる香水過るロビーかな

廬山寺や桔梗の風に耳澄ます

蛤御門処暑の門扉を両開き

一樹にて森なす椎樹小鳥来る

スダ椎の蔭の広さよ秋涼し

よきかをり絶滅危惧の藤袴

カンナ燃ゆ戦記に涙とどまらず

青北風やしらしら乾く水害地

ホロコースト館出でしも尽きぬ秋思かな

銀漢馳けよ十五センチの青い靴

弱法師か草間さまよふ秋の蝶

縄文の合掌土偶鳥渡る

濃紅葉の山が引き込む炎の日輪

急ぎけり石榴黄葉の金浴びに

さやさやとささやく波や檸檬吸ふ

冬晴の一天領す大鳥居

遠野へとつづく天《あめ》地《つち》枯野原

開戦日なす事もなく暮れにけり

劇場の屋根が見えるよ冬すみれ

危ふきこと聴きし寒夜のブラッドムーン

詩は毒薬《ポアゾン》致死量不明雪が来る
広重を観し夜ゆるゆる葛湯掻く
詩醸す画集画展よ冬北斗

暖炉とろとろ鵞ペン使ひてみたきかな

若き日の釈迦牟尼像よ時雨虹

尼縫ひし仏の五臓冬ぬくし

しぐれけり灯点し頃の嵐山

梟や古碑押し隠す京の森

まあだだよ子がうづくまる蕪畑

猿酒

二〇一九〜二〇二〇年

叡山を望む高楼大福茶

大旦鵬舞はせたき京の空

初神籤カントの箴言筆太に

松明けの高枝に鳥語旅ゆかな

初芝居舌に小粒のミント飴

箱根駅伝走れメロスよ韋駄天よ

春一夜喰ひ尽くせる推理物

亀鳴くや壱千頁の文庫本

キャンパスはさながら迷宮蘖《ひこば》ゆる

キャンパス浅春髯濃きアラブ服颯爽

辛夷剪るブルゾンからは毛深き腕

悼　堀文子画伯

百歳の絵師逝かれたり春の雷

桜湯に塩味僅かありにけり

ブラックユーモアコロナは春のキングネロ

新型コロナは滑瓢《ぬらりひょん》なり春愁ふ

星の夜は骨片と化す花吹雪

すかんぽ嚙み野にこぼしゆく名のひとつ

落武者の魂か曠野のひとつ蝶

星座よりこぼれ落ちたる初螢

朴の花空のあなたといふところ

ダリア大輪須磨子はうたふ恋の唄

独演の女優に贈る薔薇百本

シネマ館古び百物語かな

小面のけぶる眉毛や月涼し

目を閉ぢぬ市松人形夜の秋

忘るることの殖ゆる日々なりご赦免花

執念き恋や定家蔓の花匂ふ

巴里祭近しどどつと走る犀の群

真昼間も滅ぶ星あり椎拾ふ

鬼の子を揺らす風あり閑かなり

びよつびよつと鳴くは何鳥茸山

鬼の雪隠ありとや深山紅葉濃き

猿《ましら》酒《ざけ》啜り山姥謡ふかな

満天星紅葉魍魅わらわらと出で来るか

新酒そそぐ盃の底なる故山かな

二上山に捧ぐ挽歌よ鵙高音

首塚は少しく傾ぎ稲の花

遠稲妻飛鳥の天に雲疾る

台風来箸墓の樹樹ざわざわざわ

二上山秋の夕日を手繰り込む

触るれば鋼秋冷のエンタシス

木犀の香の囲ひゐるはせを句碑

やはらかき威厳や秋の白障子

鮟鱇ぬるり呪文のやうな糶の声

のどぐろにてこずつてゐるちやんちやんこ

大気凍つ星座のドラマ夜もすがら

かの句集丹念に読む冬籠

風花や父の夢在る父の書架

職人と言ひ切る絵師の白髪冴ゆ

ミヂンコを踊らす絵筆冬籠

ロシアンティにジャムはたつぷり寒夜かな

履き癖の靴の歓喜や落葉道

毛布かぶるゴリラの瞳日が沈む

手渡さる野の冬茱萸のほの甘し

わがアダムに選りに選りたる冬林檎

真言に冬日燦燦奥の院

流転百年歌仙集へる京の冬

玻璃冴ゆる京都国立博物館

落魄の歌人は貴種よ玉霰

寒紅や十二単に髪うねる

贅尽くす表装の裂寒牡丹

人待ちや掌に竜の玉転ばせつ

天動説地動説よそに日向ぼこ

句集玉霰畢

あとがき

この集は第四句集になります。俳句の世界に入ったのは太陽編集長吉原文音さんのお誘いがきっかけでした。それから二十八年余り何とか歩み続けることが出来ました。幼い頃から本の虫と言われ、読書大好き人間でした。中学二年生の秋頃、交通量の少ない田舎の幹線道路をいつものように本を読みながらの登校途上、ふと異状を感じて目をあげると荷馬車を引いている馬のすぐ傍に立っていたのです。手綱をとっている馬方さんの「自分で荷物を拾え」と厳しい声が飛んできました。赤い花柄の包みが馬の腹の真下あたりに転がっている、びっくりです。歩きながら本を読むことの危険を悟らせるためのお叱りでした。馬の脚を気にしながらこわごわ這うようにして包みを取りました。これに懲りて歩きながらの読書をやめたかと云えばやっぱり続けていたのです。終戦後間もない田舎はそれを許してくれる長閑さがありました。読書と言っても手当り次第で、今もその癖は抜けていません。知識で句を作ることを戒められ、己の戒めとしながらも抜け切れない句ばかりですが、もう命の満期も近くなっていますので、思い切って平成二十五年（二〇一三年）から令和二年（二〇二〇年）春までの句をまとめました。

句集の題『玉霰』は二〇一九年、京都国立博物館にて開催された「佐竹本三十六歌仙絵と王朝の美」を鑑賞しての句「落魄の歌人は貴種よ玉霰」に拠りました。

俳句に身を寄せて以来、励まし支え御助言を頂いた柴田南海子主宰には今回も出版をすすめて頂き、更に身に余まる帯文を頂きました。この上ない歓びです。心より御礼申し上げます。また句を共にする友人からも沢山のヒントを頂き新しさに目を開くことが出来ました。あわせて病いを得がちの私に何かと心をつかい「吟行に行こうか」などと声をかけてくれる娘にも感謝あるのみです。

末筆になりましたが、このたび出版の労を惜しみなくおとり下さいました青磁社社主永田淳様に篤く御礼申し上げます。

令和二年文月

迫口　あき

著者年譜

迫口　あき（さこぐち　あき）本名　迫口明子

1933年2月　広島市安佐北区に生れる
1955年　広島大学教育学部卒業
1992年「さいかち」俳句会入会、田中水桜に師事
1993年　高校教諭定年退職
1996年　さいかち新人賞受賞
1997年「さいかち」同人
2002年　第一句集『罔象《みづは》の子』出版
　　　「さいかち」退会。「圭」入会、津田清子に師事
　　　5月、「太陽」創刊同人として参加。
　　　務中昌己、後に柴田南海子に師事。
2006年　太陽賞受賞
　　　『さくら』出版（妹竹田尚の遺作集）
2008年　第二句集『八雲立つ』出版
2012年　第三句集『金環』出版

現在「太陽」同人代表
　　公益社団法人俳人協会会員

現住所　〒723-0016 広島県三原市宮沖4-5-2

句集　玉霰

初版発行日　二〇二一年一月十八日
著　者　迫口あき
定　価　二〇〇〇円
発行者　永田　淳
発行所　青磁社
京都市北区上賀茂豊田町四〇－一（〒六〇三－八〇四五）
電話　〇七五－七〇五－二八三八
振替　〇〇九四〇－二－一二四二二四
http://www3.osk.3web.ne.jp/~seijisya/
装　幀　濱崎実幸
印刷・製本　創栄図書印刷

ISBN978-4-86198-486-0 C0092 ¥2000E